la courte échelle

Les éditions la courte échelle
Montréal • Toronto • Paris

Denis Côté

Né à Québec en 1954, Denis Côté a publié, jusqu'ici, trois romans pour adolescent/es: *Hockeyeurs cybernétiques* (éditions Paulines), *Les Parallèles célestes* (éditions Hurtubise-HMH) et *L'Invisible puissance* (éditions Paulines).

En 1984, trois prix lui sont décernés: le Grand Prix de la science-fiction et du fantastique québécois, le Prix Boréal pour l'écrivain de l'année en science-fiction et le Prix du Conseil des Arts pour le meilleur livre en français au Canada destiné à la jeunesse. Il collabore aussi régulièrement comme critique à la revue *Nuit Blanche*.

En 1985, à la courte échelle, il a publié *Les Géants de Blizzard* .

Stéphane Poulin

Il prit naissance à Montréal le 6 décembre 1961. Les dégâts furent mineurs et l'incident fut vite oublié. Une lueur subsistait pourtant en lui car, 22 années plus tard, l'étincelle jaillit de l'ombre et se propagea.

Il remporta d'abord la mention des enfants au concours Communication-Jeunesse 1983 dans la catégorie «Relève» puis, l'année suivante, les flammes gagnèrent rapidement le premier prix «Professionnel» de ce même concours. Aux dernières nouvelles, en 1986, le «Prix du Conseil des Arts» pour le meilleur illustrateur francophone de l'année y était passé...

Pour entretenir son foyer, Stéphane Poulin le nourrit de livres pour enfants. Il en produit constamment depuis maintenant 4 ans. Pour lui, les livres sont une source de chaleur inépuisable.

Denis Côté

LES PRISONNIERS DU ZOO

Illustrations
de Stéphane Poulin

Les éditions la courte échelle inc.
5243, boul. Saint-Laurent
Montréal (Québec) H2T 1S4

Conception graphique:
Derome design inc.

Dépôt légal, 1er trimestre 1988
Bibliothèque nationale du Québec

Données de catalogage avant publication (Canada)

Côté, Denis, 1954-

Les prisonniers du zoo

(Roman Jeunesse ; 11)
Pour les jeunes.

ISBN 2-89021-074-X

I. Poulin Stéphane II. Titre. III. Collection.

PS8555.O767P74 1988 jC843'.54 C88-3645-1
PS9555.O767P74 1988
PZ23.C68Pr 1988

Chapitre I

Je regardais *King Kong* à la télé. Un vieux, très vieux film, en noir et blanc. King Kong, c'est un gorille géant que de méchants Américains sont allés chercher dans une île perdue. En ce moment, la pauvre bête s'était réfugiée tout en haut de l'Empire State Building, l'édifice alors le plus élevé de New York. De drôles d'avions anciens tournoyaient autour de King Kong et il essayait de les attraper. Plus tard, ça m'a rendu un peu triste quand il est tombé de l'édifice et qu'il s'est aplati très très loin en bas.

Moi, les vieux films, ça me fatigue la plupart du temps. Mon père dit que *King Kong* c'est un chef-d'oeuvre. Pour moi, les chefs-d'oeuvre, c'est *Retour vers le futur* et les aventures d'Indiana Jones. Il faut croire qu'Hugo et moi, on n'a pas les mêmes goûts. Ou alors il y a quelque chose qui m'échappe quelque part.

L'école était finie depuis presque

deux semaines et je m'ennuyais. L'été, c'est bien, on est en vacances. Mais il y a de ces jours où je me demande pourquoi les vacances ont été inventées. Surtout quand il pleut. Et cet après-midi-là, bien sûr, il pleuvait. Sinon King Kong, je n'aurais même jamais appris son existence.

Dans ma famille, le meilleur moment des vacances, c'est la fin juillet. Chaque année, papa et maman louent un petit chalet à Saint-Jean-Port-Joli pendant trois semaines. J'aime bien ça. Mais entre la fin de l'école et Saint-Jean-Port-Joli, il y a des jours où c'est le calme plat. Dans ces moments-là, j'aimerais bien être Indiana Jones en mission quelque part dans la jungle. Ou Superman, tiens. Lui, il ne s'ennuie jamais, le chanceux. Oh, je sais bien que ces deux gars-là n'existent pas pour de vrai. N'empêche. Les *Livres dont vous êtes le héros* , c'est bien beau, j'en ai lu beaucoup. Mais je préférerais parfois *La vie dont vous êtes le héros* .

Pendant que King Kong s'agitait en haut de l'Empire State, mon père lisait le journal tout bonnement. Le sort du pauvre gorille lui importait peu. Hugo avait vu le film vingt fois, qu'il m'a dit.

Tout à coup, je l'ai vu se pencher sur le journal en fronçant les sourcils. Puis il a relevé la tête. Son visage ressemblait soudain à celui d'un ange. Mon père est comme ça quand lui vient une idée géniale. J'ai fait semblant de rien, je savais qu'il allait me dire quelque chose.

— Écoute bien ça, Maxime! *UN ZOOLOGUE PORTÉ DISPARU. La*

police enquête présentement sur un cas de disparition subite. Depuis deux jours, on est sans nouvelles du docteur Zaïus Merle, un zoologue rattaché au Jardin zoologique gouvernemental. Lundi, le scientifique ne s'était pas présenté à son travail. Le croyant gravement malade, la direction du zoo a tenté de le joindre chez lui. Comme ça ne répondait pas au téléphone, un membre de la direction s'est rendu à l'appartement du docteur Merle où il n'a pu que constater son absence. Le directeur du zoo a décidé alors d'alerter la police.

Cette fois, Hugo m'a regardé. Ça m'émeut toujours quand je vois ses yeux briller comme ça.

— Quelle richesse dans cette nouvelle, Maxime! Ah, mon dieu oui, quelle richesse!

Je n'ai rien dit, je me suis contenté de sourire. Je connais mon père. Quand il est emporté par une de ses crises d'inspiration, il vaut mieux ne pas s'étonner. Moi, je la trouvais banale, cette histoire. Mais dans la tête compliquée d'Hugo, un engrenage venait de se mettre en branle. Il s'est levé, puis il s'est précipité dans son bureau comme s'il y avait le feu là-bas. Deux secondes plus tard, j'entendais cliqueter sa machine à écrire. Je savais que ça ne durerait pas longtemps. Hugo a souvent, comme ça, des idées géniales pour un roman. Il a dû en avoir des millions dans sa vie. Des romans par contre, il n'en a écrit aucun.

Pauvre papa. Des fois, il me fait de la peine parce qu'il se prend pour un grand écrivain. Il voudrait écrire «le roman des romans, celui qui va tout changer dans notre monde dérangé». Chaque après-midi, il se met au travail. Il se promène dans la maison en réfléchissant. Il prend des notes, tape des phrases sur sa machine, s'exclame, saute en l'air parce qu'il est content. Et chaque soir, il finit par faire des boulettes avec les pages écrites durant la journée, puis il les balance à la poubelle. C'est toujours à recommencer et il ne se décourage jamais. Je l'admire un peu pour ça. Heureusement pour lui, maman est persuadée qu'il a du talent et elle l'encourage comme elle peut. Je dirais même qu'elle l'encourage beaucoup. C'est beau de la voir quand elle le réconforte. Je crois que mes parents s'aiment à mort.

Après *King Kong* , les Informations ont commencé. J'allais me lever pour changer de poste quand des images ont capté mon attention. On voyait des cages vides et un bonhomme qui parlait avec un air tout à fait surpris. Puis la journaliste a raconté ce que tout ça signifiait.

Les images montraient les installations de la Société protectrice des animaux et particulièrement les cages où les animaux attendent d'être euthanasiés. Euthanasier, ça signifie: tuer quelqu'un légalement et proprement, sans faire souffrir. La S.P.A. ne fait pas que protéger les animaux, elle les tue aussi quand le besoin se fait sentir. La nuit dernière, ses cages avaient été déverrouillées, puis ouvertes par un ou des mystérieux inconnus. Et les animaux qui attendaient la mort s'étaient enfuis dans tous les sens.

La journaliste disait que ceux qui avaient ouvert les cages n'avaient laissé aucun indice et qu'il s'agissait sûrement d'une bande bien organisée. Les responsables de la S.P.A. accusaient *la branche locale de l'organisation écologiste Green War*. Là-dessus, j'ai changé de poste, parce que je ne savais plus de quoi ils parlaient. Je me suis demandé juste un peu pourquoi ces gens-là avaient libéré les animaux. Je trouvais ça gentil, en tout cas. Les animaux, ils devaient être bien contents. Parce que moi, je n'aimerais pas ça du tout être euthanasié: franchement, je me mettais à leur place.

Mais une idée géniale m'était venue. Moi aussi, j'en ai parfois, même si je ne me prends pas pour un écrivain. La disparition du zoologue et le sauvetage des animaux de la S.P.A. m'avaient rappelé que j'aime bien aller au zoo de temps en temps. Je me suis dit que ce serait super si je m'y rendais le lendemain au lieu de m'ennuyer. Mais pas avec mes parents comme d'habitude. Non, j'avais le goût d'inviter Jo. Ce serait une sorte de rendez-vous d'amoureux, en somme.

Prune est revenue de son travail, plus sale que jamais on aurait dit. Avant de quitter le garage, maman a beau se débarbouiller, ça ne sert pas à grand-chose. La première chose que fait Prune en rentrant à la maison, c'est de s'enfermer dans la salle de bains pendant trois quarts d'heure. Et là, c'est comme les publicités AVANT-APRÈS. Avant la douche, elle est tellement crottée qu'elle n'a carrément pas d'allure. Après, ses joues brillent et elle sent bon. Mais sale ou pas, Prune sourit tout le temps et moi je l'aime bien, peu importe de quoi elle a l'air. Ça fait bien rire les copains de l'école quand je leur apprends que ma mère est mécanicienne. Moi, ça me fait un petit velours. Ce ne sont pas toutes les mères qui reviennent du travail aussi sales que la mienne.

Hugo est sorti de son bureau. Il a embrassé Prune. Il avait fini de s'éplucher le cerveau encore une fois et maintenant il allait éplucher des carottes. J'ai composé le numéro de téléphone de Jo, c'est sa mère qui a décroché l'appareil. Quand Jo a su que je l'appelais, elle a pris son temps avant de venir répondre, juste pour me faire languir. Elle a dû apprendre cette technique dans les romans d'amour qu'elle dévore les uns après les autres, les *Coeur battant* et autres *Vilebrequin* pour filles de son âge. Ça ne me dérange pas du tout qu'elle lise ça, parce que Jo est très intelligente autrement. On peut parler d'une foule de sujets, tous les deux.

Je lui ai exposé mon projet et c'était évident que l'invitation lui faisait plaisir. Mais elle a fait semblant d'hésiter.

— Je ne sais pas si ma mère va être d'accord. Et puis, es-tu sûr qu'il va faire beau demain?

Mais Jo n'est jamais capable de faire semblant très longtemps. Elle a fini par dire oui et on a fixé l'heure du départ. Une promenade au zoo, c'est certain que ça ne fait pas très romantique. Mais Jo a treize ans et moi douze, il faut être réaliste.

Chapitre II

La météo n'avait pas menti: il faisait super beau avec un soleil qu'on avait le goût de prendre dans nos bras.

Après un trajet en autobus sans histoire, Jo et moi on a franchi l'entrée du zoo. C'était un peu comme se retrouver dans la jungle, à cause des arbres, des odeurs végétales et surtout, bien sûr, des animaux. La différence, c'est qu'il n'y a pas de cages dans la jungle, je sais bien. Mais on a le droit de rêver, non?

Contrairement à d'autres zoos où j'étais déjà allé, celui-là est très vaste. Les cages ne sont pas serrées les unes contre les autres. Il y a des étangs, des totems, plusieurs cabanes et des petits bois très mystérieux où les visiteurs n'ont pas le droit de se promener. Ce zoo-là, c'est presque la jungle et Indiana Jones s'y sentirait probablement très à l'aise avec son chapeau héroïque et son long fouet.

Jo et moi, on était vraiment bien à

se promener dans les sentiers entre les cages. On parlait, on riait, on restait longtemps devant un animal quand c'était intéressant. Jo avait mis une petite jupe qui la rendait adorable. Ça, je ne le lui ai pas dit, mais j'y pensais souvent.

J'avais complètement oublié la disparition du zoologue dont le journal parlait la veille. Je ne faisais pas le lien entre le zoo où on était et le pauvre docteur Machin, qui était pourtant un des employés. Honnêtement, c'était une affaire qui ne me regardait pas. Du moins, pas encore.

Une seule chose clochait par rapport à mes visites précédentes avec mes parents. Les animaux paraissaient très nerveux. Les lions rugissaient tout le temps, l'éléphant barrissait comme s'il voulait gagner un concours et les cris des oiseaux nous perçaient les oreilles. Jo n'a rien remarqué parce qu'elle n'allait pas au zoo aussi souvent que moi. Mais il a quand même fallu une couple d'incidents pour que je commence à me poser des questions.

Le premier s'est produit dans le

pavillon des fauves et des primates, là où sont les singes. Comme toujours, il y avait beaucoup de monde là-dedans. Les singes nous ressemblent tellement, mais ça nous rassure de voir les différences. Ils étaient plus agités que de coutume. Les singes-araignées se balançaient avec frénésie au bout de leurs queues interminables. Les macaques grimaçaient à s'en décrocher les mâchoires. Les visiteurs s'extasiaient, et Jo et moi, on partageait ce plaisir.

Après un moment, je me suis approché d'une cage vitrée qui semblait n'intéresser personne. C'était celle des chimpanzés. Je crois que les deux singes ne m'avaient pas encore vu. Ils étaient assis l'un en face de l'autre au fond de la cage, sans bouger, comme endormis. Mais ils ne dormaient pas, leurs yeux étaient ouverts. Ils ne faisaient rien. Absolument rien. Ça m'intriguait.

Puis l'un des chimpanzés a pris un morceau de fruit qui se trouvait sur le plancher, entre lui et l'autre singe, et il l'a avancé d'un ou deux centimètres. En regardant plus attentivement, j'ai vu qu'il n'y avait pas seulement un morceau de fruit, mais une vingtaine. Et ils étaient alignés sur plusieurs rangées dans un ordre étonnant. Au bout d'environ une minute, le deuxième chimpanzé en a déplacé un à son tour. Je n'en croyais pas mes yeux. Je me suis demandé si je délirais. Parce que les deux chimpanzés étaient en train de faire quelque chose de tout à fait extraordinaire pour des singes: ils jouaient aux dames! Les morceaux de fruits représentaient des pions et, à la place du damier, les singes avaient tracé des lignes dans la poussière!

Je n'avais jamais rien vu de pareil. Je les regardais, paralysé. Pour être sûr que je n'étais pas en train de devenir fou, j'ai lancé un grand cri à Jo pour lui demander de venir voir. C'est là que les

singes se sont aperçus de ma présence. Les deux animaux ont levé la tête vers moi, puis l'un d'eux a balayé les morceaux de fruits avec sa main. Le jeu de dames venait de disparaître. Jo était tout près de moi maintenant.

— Tu veux me montrer quelque chose, Maxime?

— Les singes... Les singes... Ils...

Elle s'est tournée vers les chimpanzés qui s'épouillaient comme si de rien n'était.

— Ils sont ennuyeux, ceux-là. Tu devrais venir voir les gibbons qui courent partout dans la cage. Les bébés surtout sont comiques.

Les chimpanzés joueurs de dames ressemblaient maintenant à de vulgaires singes. J'étais sonné. J'ai suivi Jo, mais je ne pouvais pas m'empêcher de penser à ce que j'avais vu. Les hallucinations, c'est une idée drôlement intéressante, mais ça n'explique quand même pas tout!

Quant au deuxième incident étrange, il a eu lieu pendant qu'on était assis sur un banc dans le quartier des ours. Je songeais encore à mes chimpanzés.

Depuis quelques minutes, un monsieur bien habillé lançait des arachides à un énorme ours Kodiac. Il croyait certainement faire grand plaisir à la bête en agissant comme ça, mais l'ours ne semblait pas avoir faim. Ou il n'aimait pas les arachides.

Soudain, le Kodiac s'est dressé sur ses pattes de derrière. Il devait mesurer plus de deux mètres, c'était impressionnant. Puis il s'est mis à grogner tout en passant ses pattes de devant à travers la grille, comme s'il voulait frapper l'homme aux arachides. Le monsieur s'est reculé d'un bond en poussant un cri. L'ours continuait à hurler, exactement comme s'il engueulait le visiteur.

Un attroupement s'est formé devant la cage, parce que les gens ne voulaient pas manquer le spectacle. C'est seulement à ce moment-là que j'ai noté la présence d'un vieux monsieur pas très loin de nous. Il portait l'uniforme des gardiens du zoo. Jo et moi, on s'est approchés de lui. Le vieil homme observait la scène avec une sorte de sourire que j'ai trouvé déplacé. J'ai décidé de lui adresser la parole.

— Vous travaillez ici?

— En effet, jeune homme. Monsieur Toc à votre service.

— Cet homme aurait pu se faire arracher un bras. Ça vous fait sourire?

Ma question ne lui a pas fait perdre son air malicieux.

— Il aurait pu, mais ça ne s'est pas produit. De toute façon, il l'avait bien cherché.

— Comment ça? a demandé Jo.

— C'est simple, mademoiselle. Il est strictement interdit de donner à manger aux animaux. Les bêtes sont très bien nourries dans ce zoo. Elles reçoivent la nourriture qui convient parfaitement à leur régime alimentaire. Mais malgré les indications qu'on peut lire devant toutes les cages, des imbéciles se permettent de lancer aux bêtes des cacahuètes ou des chips ou du pop-corn. Alors, quand je vois un animal qui refuse de consommer les cochonneries qu'on lui lance, ça ne peut faire autrement que me réjouir, mademoiselle. Bon, excusez-moi, je dois aller vérifier comment se portent les louveteaux aujourd'hui. Monsieur Toc vous salue bien.

Et il est parti en nous laissant abasourdis par sa déclaration.

— Drôle de bonhomme, a dit Jo. Il ne m'est pas très sympathique.

Notre visite du zoo s'est achevée sur cette note-là. J'éprouvais un bizarre de sentiment. J'avais l'impression que le Jardin zoologique n'était plus comme avant. La grande nervosité des animaux, la réaction de l'ours Kodiac, les deux chimpanzés, Monsieur Toc, tout ça me faisait un drôle d'effet. Je sentais la différence, je soupçonnais qu'il se passait quelque chose, mais je ne voulais quand même pas exagérer.

Dans l'autobus, on a reparlé de Monsieur Toc. Je n'ai pas raconté à Jo l'épisode des singes qui jouaient aux dames. Je me répétais que parfois notre imagination peut nous jouer de vilains tours. Mais je me disais aussi que c'était la première fois qu'elle m'en jouait un aussi gros, si c'était ça l'explication.

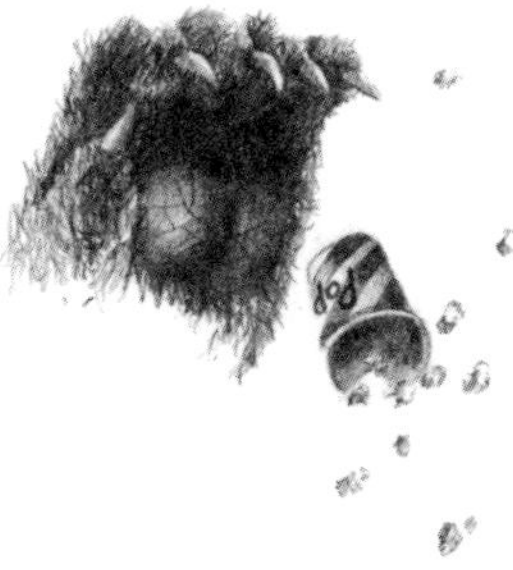

Chapitre III

En rentrant à la maison, j'ai pincé mes parents en train de se minoucher. Ils étaient assis sur le fauteuil du salon et Hugo embrassait Prune dans le cou tout en la serrant dans ses bras. Ça me gêne toujours un peu quand je les vois comme ça. Mais en vérité je les trouve bien beaux dans ces moments-là. La plupart du temps, ils ressemblent à des parents, c'est-à-dire à un père et à une mère. Mais quand ils s'embrassent, ils me font penser à des amoureux comme dans les films, et ça me fait tout drôle.

En me voyant, ils se sont précipités sur moi en riant pour m'attirer dans leur histoire d'amour. Je me suis laissé faire. J'étais encore tout retourné par mon après-midi. Je ne leur ai rien dit et ils m'ont fait rire en me chatouillant comme des fous.

On a eu une très grosse surprise avant le souper. Ozzie est rentrée à la maison sans prévenir. Elle revenait de sa «grande tournée internationale», comme elle disait. Tout le monde était très heureux de la revoir après sa longue absence et Hugo a acheté une bouteille de vin pour fêter ça.

Ozzie, c'est ma grande soeur de dix-sept ans. Elle joue de la batterie dans un orchestre *heavy metal*. Physiquement, elle n'est absolument pas regardable avec son blouson clouté, ses longues bottes de cuir et ses cheveux noir et jaune. En plus de ça, elle se maquille toujours le visage pour ressembler à un vampire qui aurait attrapé la rougeole. Mais on l'aime quand même et cette fois j'ai accepté de l'embrasser sur la joue. Quant à sa tournée internationale, c'est plutôt une farce. Son groupe est connu seulement dans la région et Ozzie ne s'absente jamais plus d'une semaine.

Prune a fait venir de la pizza et le souper a été sensationnel. On riait et on parlait fort. J'avais presque oublié les singes, Hugo ne pensait plus à son grand roman et Prune était formidable comme toujours. Ozzie nous a chanté quelques tounes *heavy metal* et ça faisait tellement dur qu'on a tous failli mourir de rire, y compris Ozzie.

J'avais eu droit à un tout petit verre de vin et ça m'avait étourdi. Il a fallu que j'aille m'étendre dans le salon quelques minutes. La télé était allumée, c'était les Informations. Les Informations, on dirait que ça n'arrête jamais. Ils veulent absolument nous gâcher notre plaisir avec les pluies acides, les guerres du Nicaragua, les discussions soviéto-américaines et les malades qui placent des bombes un peu partout.

À travers tout ça, il y a eu une nouvelle sur le zoologue disparu. Le commentateur a dit que les recherches se poursuivaient et que le docteur Merle était un scientifique de grande renommée. Il travaillait au zoo depuis cinq ans, paraît-il. L'écran montrait un bout de film mettant en vedette le fameux docteur Merle. C'était un petit homme pas tellement âgé avec pas beaucoup de cheveux, des lunettes et un regard sévère. Je me suis demandé si un homme avec des yeux fâchés comme lui pouvait aimer les animaux. Après tout, il était zoologue, donc spécialiste des bêtes. C'était obligatoire de les

aimer un peu. Cette réflexion m'a ramené à Monsieur Toc. Lui, il aimait les animaux, c'était évident. Il les aimait trop peut-être, alors il ne restait plus de place dans son coeur pour les humains. Puis je me suis demandé un instant si l'atmosphère bizarre qui régnait au zoo avait un certain rapport avec cette disparition. Peut-être que Merle était très important là-bas. Peut-être que le zoo ne pouvait pas fonctionner sans lui. Peut-être que les animaux s'ennuyaient de leur zoologue. Je me faisais toutes sortes d'hypothèses un peu folles comme celles-là.

Pendant que le salon s'amusait à tourner autour de moi à cause du vin, il y a eu un autre reportage. La nuit précédente, des gens avaient vu un aigle au-dessus de la ville. Le journaliste trouvait ça très «inusité», comme il disait. Moi, ça ne me paraissait pas inusité du tout ni quoi que ce soit d'autre. Des aigles, j'en ai déjà vu dans les films. Et comme ce sont des oiseaux, il est tout à fait normal qu'ils volent dans le ciel. On aurait dit qu'il parlait d'une soucoupe volante.

— Un aigle américain? a dit Hugo qui était dans le salon sans que je m'en sois aperçu. Tiens, c'est bizarre...

— Pourquoi?

— Parce qu'il n'y a aucun aigle américain au Québec, tout simplement. Sauf dans les zoos. Ces oiseaux-là sont presque en voie d'extinction. On en trouve encore en Floride et en Alaska, c'est à peu près tout.

Hugo est au courant d'énormément de choses. Quand il se met à parler comme une encyclopédie, je me demande souvent si un jour j'en saurai autant que lui.

— Cet aigle s'est probablement écarté de sa route et il a abouti par ici. Ça arrive parfois. Dis donc, tu n'as pas l'air d'aller très bien, Maxime?

Je lui ai expliqué à propos du vin. Il est venu s'accroupir à côté du fauteuil et il m'a fait des sourires. Hugo est énormément gentil quand il n'est pas à la recherche d'idées géniales. Dans le fond, moi je trouve que c'est déjà une idée géniale d'être gentil avec son fils.

Il m'a aidé à me déshabiller, puis il m'a accompagné jusqu'à mon lit. Après, tout le monde est venu me border, comme si j'étais un petit garçon. Ozzie a fait des farces. Elle m'a dit: «Lâche pas, *man,* arrête pas de *blower* !» Je n'ai pas compris. Mais elle s'était démaquillée, et je crois que ma soeur n'est pas si laide que ça en fin de compte.

Je me suis endormi tout de suite. Je n'aurais pas dû parce que j'ai fait d'affreux cauchemars. Il y avait plein d'animaux dans mes rêves et Monsieur Toc aussi. Un chimpanzé était habillé comme Indiana Jones et il se battait dans la jungle contre une tribu d'hommes blancs. Au moment où le singe était capturé, Monsieur Toc arrivait avec une mitraillette. Moi, j'étais parmi la tribu d'hommes blancs et la mitraillette était pointée sur moi. Monsieur Toc a dit: «Jeune homme, vous allez mourir!» J'ai crié et le canon de la mitraillette a craché des morceaux de fruits qui se transformaient en pions comme dans les jeux de dames. Ensuite, le chimpanzé s'emparait de moi et me conduisait en haut de l'Empire State Building. Des aigles à tête blanche volaient dans le ciel. J'étais certain qu'ils attendaient que je meure pour me dévorer. Ils ont bien failli y arriver parce que le singe m'a laissé tomber et j'allais m'écraser dans la rue à je ne sais combien d'étages plus bas. Ce qui m'a sauvé, c'est un hurlement épouvantable. Je me suis réveillé. J'avais très chaud. Je me sentais mal et je ne savais plus très bien si j'étais encore dans mon rêve.

Le hurlement s'est fait entendre à nouveau. C'était une voix de fille et ça venait de pas très loin. Puis la fille a crié encore et j'ai reconnu Ozzie. J'avais horriblement peur, mais j'ai foncé quand même jusqu'à sa chambre. Je me prenais peut-être un peu pour un héros, je ne sais pas. Je crois que les films d'aventures m'influencent beaucoup.

Quand je suis arrivé dans la chambre, Hugo et Prune étaient déjà là. Ozzie était assise dans son lit et elle regardait en direction de la fenêtre. Ses yeux étaient grands comme je ne les avais jamais vus. Elle tremblait. Maman a serré sa fille tout contre elle.

— Qu'est-ce qu'il y a, Ozzie? Tu as fait un cauchemar?

Ozzie a pointé un doigt vers la fenêtre.

— Non, non, je ne dormais pas. J'ai vu... J'ai vu un monstre qui me regardait!

— Un monstre? a dit Hugo. Ce n'est pas un membre de ton orchestre qui est venu te rendre visite?

Ozzie ne l'a pas trouvée drôle. Elle a décidé de s'adresser seulement à Prune.

— Il me regardait. Son visage avait du poil partout. Et il avait des petits yeux qui brillaient dans le noir. C'était affreux! Quand je me suis mise à crier, il s'est enfui.

Il y a eu un silence et on était tous changés en statues. Puis papa a décidé de prendre les choses en main. Il s'est dirigé vers la fenêtre comme s'il n'avait pas peur.

— Ozzie, personne n'a pu monter jusqu'à ta fenêtre. Il aurait fallu une échelle ou bien escalader trois étages en s'agrippant au mur de la façade. Et les briques ne donnent aucune prise. C'est impossible.

Il a fait coulisser la fenêtre et s'est penché au-dessus du vide. Comme il ne voyait pas le monstre, j'ai eu le courage de me placer à côté de lui. Dehors, il n'y avait rien d'extraordinaire. C'était la nuit, les lampadaires éclairaient faiblement la rue déserte. Hugo regardait dans tous les sens sans rien distinguer de suspect. Il a ramené sa tête dans la chambre.

— Je ne vois personne.

Ozzie l'observait en se demandant si elle avait le droit d'être rassurée.

— Mais je l'ai vu, je te jure! Un monstre poilu avec des yeux qui me fixaient!

Prune et Hugo se sont regardés un moment. On aurait dit qu'ils communiquaient par télépathie.

— Sans échelle, a dit Hugo, il est absolument impossible de grimper jusqu'à la fenêtre, ça j'en suis sûr. La seule façon d'y parvenir, ce serait de monter au sommet de l'arbre et de faire ensuite un bond d'au moins sept mètres avant de s'accrocher au rebord de la fenêtre. Mais c'est humainement impossible. Tu as sûrement rêvé, Ozzie.

Devant l'immeuble où on vit, il y a un arbre planté juste au bord du trottoir. Hugo avait raison. La distance entre le sommet de l'arbre et la maison est trop grande pour qu'un homme réussisse le coup.

Hugo et Prune ont continué à faire du bien à Ozzie jusqu'à ce qu'elle aille mieux. Ensuite, elle est partie se coucher dans le fauteuil du salon, tandis que mes parents retournaient à leur chambre. Moi, j'ai essayé de me rendormir, mais il m'a fallu du temps. Ce n'est pas tous les jours qu'un monstre apparaît à la fenêtre de sa soeur.

Pendant au moins une heure, j'ai

observé la fenêtre de ma propre chambre en attendant que le monstre vienne me faire une grimace à mon tour. Ça n'est pas arrivé, mais inutile de dire que j'ai eu d'autres formidables cauchemars une fois endormi.

Chapitre IV

Le lendemain, je me suis réveillé avec plein d'animaux et de monstres dans la tête. Ce n'est pas la meilleure façon de se lever du bon pied. Il était déjà tard, Prune était partie depuis deux bonnes heures et Ozzie était allée déjeuner avec les membres de son orchestre. Je me suis dit qu'elle aurait toute une histoire à leur raconter.

Hugo m'a préparé des toasts et j'ai fini le déjeuner avec du yogourt aux bananes. Il voyait bien que je mangeais sans appétit. Alors il a essayé de me rassurer à propos du monstre. J'en avais bien besoin

— Ce matin, j'ai examiné la pelouse sous la fenêtre d'Ozzie. Je n'ai rien vu de particulier. Si quelqu'un avait utilisé une échelle, il aurait laissé des empreintes dans le gazon. Mais il n'y avait rien.

Il m'a fait un clin d'oeil entre hommes, puis il a lancé quelques blagues pour me faire oublier tout ça.

Ensuite, la radio a raconté une nouvelle à propos du saccage de trois pharmacies de la ville pendant la nuit:

La police émet l'hypothèse selon laquelle les responsables seraient de jeunes toxicomanes ou une bande de trafiquants de drogue. Curieusement, les vandales semblent s'être contentés de saccager sans commettre de vol.

À ce moment, je ne pouvais pas

deviner que cette nouvelle avait un rapport direct avec l'apparition du monstre dans la fenêtre d'Ozzie.

J'étais drôlement mêlé, je l'avoue. Je savais qu'il se passait des choses pas normales, mais je n'arrivais pas à faire tenir tout ça ensemble. Il fallait que je réfléchisse, bien sûr, mais par où commencer?

Je suis allé prendre l'air et j'ai essayé de mettre de l'ordre dans toute cette histoire. Le mieux était de considérer l'affaire comme une sorte de problème de mathématiques. Alors, lentement pour être sûr de ne pas me tromper, je me suis mis à additionner les faits, à les multiplier, les diviser, les soustraire. À la fin de ma promenade, j'avais trouvé un semblant de solution.

Un employé du zoo est mystérieusement disparu depuis plusieurs jours. Des animaux s'évadent de la fourrière. Un aigle vole au-dessus de la ville, mais on ne trouve les aigles que dans les zoos par ici. Les animaux du zoo sont agités, même qu'un ours se permet d'engueuler un visiteur. Des chimpanzés jouent aux dames en cachette dans leur cage. Un monstre poilu apparaît à Ozzie durant la nuit. Tous les éléments de l'équation se rapportaient aux animaux et au zoo. C'était simple et un héros comme Indiana Jones aurait décidé d'agir immédiatement.

Mais moi, je ne suis pas un héros. J'ai douze ans et je vis avec mon père et ma mère. Je savais ce qu'il fallait faire, je savais où je devais me rendre. Mais je n'avais pas de chapeau héroïque, ni de fouet et après tout je ne mesurais qu'un mètre quarante-cinq. Si je décidais de retourner au zoo pour y mener mon enquête, je risquerais d'affronter des dangers énormes.

J'avais besoin d'aide. Et c'est à ce moment-là que j'ai songé à mon ami Pouce. Pouce a beau n'avoir que quatorze ans, il est bâti comme un mastodonte. L'hiver, il joue au hockey. C'est un défenseur et ses adversaires n'osent pas trop s'aventurer entre lui et la bande. Comme on dit, c'est un adepte du jeu rude. Ses joueurs préférés dans la Ligue nationale, ce sont les fiers-à-bras. Pouce est aussi un amateur de films violents et il adore Rocky, Rambo,

Conan et tout le tralala. On n'est pas faits pour s'entendre, tous les deux. Et pourtant on est de grands amis. Parce qu'en vérité, Pouce n'est pas violent pour deux sous. Ses terribles muscles cachent un petit coeur tout ce qu'il y a de plus peureux.

Je me suis rendu chez lui en espérant qu'il serait là. L'été, son père l'engage comme déménageur. Il n'y a rien d'apeurant à transporter des meubles et des appareils électriques.

Il était chez lui, étendu devant la télé, en train de passer le vidéo du *Terminator*. Je l'ai fait sortir de la maison et je lui ai parlé comme quelqu'un qui complote quelque chose.

— Qu'est-ce qui te prend, Maxime?

— J'ai une sombre histoire à te raconter. Écoute-moi bien. J'ai besoin de ton aide.

Il m'a écouté. Il est très grand, Pouce. Alors, il doit se pencher quand je lui parle tout bas. Au fur et à mesure de mon récit, il s'est redressé peu à peu et ses yeux regardaient de plus en plus aux alentours. Il est très courageux sur la glace, mais quand il s'agit d'affronter

les réalités de la vie, ce n'est pas évident.

À la fin, il avait tout simplement l'air d'un condamné à mort une minute avant l'exécution.

— Mais ça n'a pas de bon sens, ce que tu me demandes là! C'est dangereux! Et puis qu'est-ce que nos parents vont dire s'ils découvrent la vérité?

— On n'a qu'à s'arranger pour qu'ils n'apprennent rien. Mon plan est infaillible. C'est à nous de le faire fonctionner comme il faut.

— Infaillible, infaillible... Et en plus, c'est illégal, ce que tu veux faire!

— D'accord, mais Rome ne s'est pas construite sans casser des oeufs.

J'avais déjà entendu Hugo me dire quelque chose qui ressemblait à ça. Mon proverbe n'a pas donné l'effet voulu, puisqu'il a fallu que j'argumente encore un peu. Mais Pouce est mon ami et il est très influençable. Il a fini par accepter.

Je me trouvais tellement audacieux que j'en étais fier. C'était donc réglé pour ce soir-là. Il me restait à annoncer à mes parents que je passerais la nuit chez Pouce comme je le fais de temps en temps. Hugo et Prune ne se douteraient de rien. Pendant ce temps, Pouce raconterait à ses parents qu'il dormirait chez moi.

Ce qui était excitant, c'est qu'on ne dormirait ni chez moi ni chez Pouce. En fait, on ne dormirait pas du tout cette nuit-là. Selon mon plan, on se rendrait au Jardin zoologique durant l'après-midi et on s'y cacherait quelque part en attendant la fermeture. À la nuit tombée, on sortirait de notre cachette pour une petite expédition. C'était la seule façon de savoir s'il se passait vraiment quelque chose de pas normal dans ce zoo!

Chapitre V

Le trajet en autobus s'est fait en silence. Quand Pouce ne va pas bien, il s'enfonce la tête dans les épaules et baisse les yeux sur ses grosses mains. Dans ces moments-là, il a l'air d'un gros bébé craintif. J'espère qu'il ne sera pas comme ça s'il joue un jour dans la Ligue nationale de hockey.

Il a presque fallu que je le force à entrer dans le zoo. C'était une autre belle journée ensoleillée et il y avait beaucoup de visiteurs. Des enfants montraient Pouce à leurs parents et ils souriaient comme devant un nounours.

L'atmosphère semblait avoir empiré depuis que j'étais venu avec Jo. Les animaux n'étaient plus seulement nerveux, ils étaient inquiétants. Peu importe où on se trouvait, impossible de ne pas entendre les cris presque désespérés des oiseaux. Ça me faisait quelque chose. C'était comme si ces oiseaux nous envoyaient un message qu'on ne pouvait pas décoder.

DISPARITION

Le lion et la lionne se donnaient des coups de pattes en rugissant. On aurait dit une chicane de ménage. Un ours polaire se frottait la tête contre le mur de son enclos, comme s'il avait un furieux mal de bloc. Une louve hurlait toutes les cinq minutes sans raison apparente. Les otaries aboyaient au lieu de donner le spectacle que la foule attendait. Vraiment, je n'avais jamais vu ça! Il y avait de l'électricité dans l'air, comme on dit.

J'ai entraîné Pouce dans le pavillon des fauves et des primates pour lui présenter les chimpanzés. Curieusement, les singes en général étaient assez calmes. Des macaques se serraient les uns contre les autres, en famille, et le public trouvait ça bien mignon. Moi, je n'aimais pas ça. Je ne pouvais pas m'empêcher de croire que ces bêtes avaient peur. Mais peur de quoi? Plus loin, le gorille était assis dos à la foule. Il boudait.

Quant à mes deux chimpanzés, ils dormaient, adossés au mur du fond. Ou plutôt ils avaient l'air de dormir. Je les ai observés longtemps et j'ai fini par être sûr d'une chose. D'une chose totalement insensée, totalement impossible, que j'ai essayé de chasser de mon esprit. Oui, j'étais sûr que les chimpanzés ne dormaient pas, mais qu'ils réfléchissaient! Je n'ai rien dit à Pouce pour ne pas l'effrayer, puisqu'il commençait à se détendre. Et je ne voulais pas passer pour un fou.

Moi, je m'en faisais de plus en plus. On a mangé de grosses frites pas bonnes et des hot-dogs minables au restaurant en plein air. Pouce a dévoré cinq hot-dogs. Les deux miens me sont restés sur l'estomac. Il était dix-huit heures trente, la fermeture avait lieu une demi-heure plus tard. On devait donc se trouver une cachette très vite.

En face de l'enclos des chevreuils, il y a une forêt sans clôture mais interdite aux visiteurs. Même si ça n'avait pas été interdit, je ne serais jamais entré dans cette forêt auparavant. J'aurais eu bien trop peur d'y rencontrer des animaux en liberté. On a attendu de ne voir personne aux alentours, puis on s'est élancés entre les arbres. On ne s'est pas enfoncés tellement loin. L'important, c'était d'être cachés, pas de battre un record.

On est restés comme ça, à plat ventre dans les herbes, jusqu'à ce que le soleil se couche. Entre-temps, les employés du zoo avaient fait sortir les derniers visiteurs.

Il faisait très noir et plutôt froid maintenant. On n'entendait plus personne marcher devant les cages, plus de conversations joyeuses, plus de cris d'enfants. Il y avait toujours les cris des oiseaux et les grognements des bêtes. Moins nombreux que durant l'après-midi, mais assez pour qu'on se soit crus en pleine forêt équatoriale. Le reste du temps, le silence était lourd. J'ai encore pensé à Indiana Jones. On n'était pas habitués, nous, à ce genre d'expérience. À un certain moment, Pouce m'a pris la main. Il tremblait.

— Je veux m'en retourner chez moi.

— Tu as peur?

— Je comprends que j'ai peur! Pas toi?

— Juste un peu. Mais c'est à cause de l'inaction. Quand on va sortir de la forêt tout à l'heure, tu verras, la peur va disparaître.

Je disais n'importe quoi. En vérité, je n'avais jamais eu aussi peur de toute ma vie. J'ai demandé à Pouce quelle heure il était parce qu'il avait une montre. Il a répondu dix heures. Ça faisait donc plus de trois heures qu'on était étendus là comme deux imbéciles.

— Bon. Je pense qu'il est temps d'aller voir ce qui se mijote par là.

— Tu es sûr? Moi, je propose plutôt qu'on cherche un gardien et qu'on lui dise qu'on est perdus.

— Et nos parents, qu'est-ce qu'ils vont dire quand le gardien va les appeler au téléphone? Tu as envie de te faire engueuler?

Pendant que Pouce cherchait quoi répondre, j'en ai profité pour me lever. Lui, il ne bougeait pas. Je l'ai tiré par un bras, il était tout mou.

— Je ne suis pas venu ici pour passer la nuit dans la forêt. Lève-toi, Pouce. Ou bien tu vas rester ici tout seul.

Ce n'était pas très gentil de dire ça, mais ça a marché. On s'est dirigés vers l'orée du bois en tâchant de ne pas faire craquer les branches mortes. On ne voyait presque rien. Assez loin sur notre droite, l'éléphant a poussé un barrissement aigu. C'est un oiseau qui lui a répondu, avec un monstrueux cri à vous glacer le sang dans les veines.

Une fois hors de la forêt, j'ai vu qu'un daim nous observait dans son enclos. Il a dû avoir un peu peur de nous parce qu'il s'est enfui. J'ai regardé Pouce derrière moi. Tout ce que je distinguais de lui, c'était son énorme silhouette de joueur de défense et ses yeux grands comme des rondelles de hockey.

— Où on va maintenant?

— Partout. Comme ça, on est certains de ne rien manquer.

On chuchotait, évidemment. Mais il y a des animaux qui ont l'ouïe incroyablement fine. Un hurlement a retenti dans le zoo. Pouce s'est collé contre moi.

— C'est quoi, ça? Ça venait de tout près!

C'était la louve, celle qui avait passé l'après-midi à hurler. Je venais juste de me rendre compte qu'on ne l'avait plus entendue depuis la fermeture.

— Ça vient peut-être de très près. Mais tous les animaux sont en cage, il n'y a aucun danger.

Soudain, Pouce a levé un doigt vers le chemin qui filait devant nous et il a dit d'une voix toute déformée:

— Maxime... Si tous les animaux sont dans des cages, veux-tu bien me dire ce que c'est que ça, là-bas?

J'avais de la difficulté à voir ce qu'il me montrait, à cause de l'obscurité. Puis j'ai senti un long frisson dans mon dos et mon estomac a reçu une sorte de coup de poing imaginaire. Quelque chose venait de bouger sur le sentier, à

trente mètres de nous environ. C'était vivant, mais ce n'était assurément pas un être humain. Trop petit, trop poilu, et ça se dandinait comme je n'avais jamais vu personne le faire. J'ai tout de suite pensé au monstre qui avait donné la frousse à Ozzie.

Sans réfléchir, je me suis jeté au sol et j'ai roulé jusqu'au fossé qui bordait le chemin. Pouce est venu me rejoindre

avec une seconde de retard. Le monstre continuait sa route en se dandinant, puis il s'est arrêté. J'étais sûr qu'il nous avait entendus. Il a tourné la tête vers l'arrière, c'est-à-dire dans notre direction, et il est resté comme ça durant un bon moment. Pouce et moi, on retenait notre respiration. Puis la silhouette poilue a repris sa marche et ensuite la nuit l'a effacée.

Pouce était au bord des larmes. Pour lui redonner du courage, je lui ai tapoté la main. Quelle hypocrisie de ma part! Je songeais à Hugo et à Prune et je me disais que ce serait merveilleux si l'un ou l'autre me serrait dans ses bras en ce moment. L'un ou l'autre ou les deux.

Mais on s'était trop engagés pour reculer maintenant. Le monstre n'était plus visible, alors j'ai fait signe à Pouce qu'il fallait continuer notre exploration.

On a marché sur le chemin en faisant bien attention au bruit. Dix minutes plus tard, rien ne s'était produit et on était arrivés dans le quartier des ours. Tout à coup, Pouce a touché mon bras.

— Regarde!

J'avais fini par comprendre qu'il voyait mieux que moi dans l'obscurité. Une mince silhouette remuait devant la cage des Kodiac. On s'est étendus sur le sol. Je regardais attentivement parce que la silhouette me rappelait quelque chose. Ou plutôt quelqu'un. C'était celle d'un homme un peu courbé, donc pas très jeune, et sur sa tête il y avait une casquette. Je l'ai reconnu! C'était Monsieur Toc, le gardien qui n'aimait pas les lanceurs de pop-corn!

Si je n'avais pas eu si peur, j'aurais souri. Parce que cette scène signifiait que j'avais eu raison de me méfier de cet homme. Monsieur Toc était en train de faire quelque chose qu'il n'avait certainement pas le droit de faire. Il ouvrait la cage de l'ours Kodiac! Les Kodiac sont les ours les plus redoutables et les plus voraces. L'animal est descendu de la cage et il s'est approché de Monsieur Toc. J'ai murmuré:

— Cet homme est en train d'ouvrir les cages des animaux! Si l'ours sent notre présence...

Pouce avait compris. C'était la panique. On a pris nos jambes à notre cou sans regarder où on allait. On s'est retrouvés devant un boisé. J'ai emprunté un sentier et j'ai couru, couru, couru. J'avais l'impression que l'ours Kodiac nous poursuivait, mais ça c'était vraiment mon imagination. Puis une maison est apparue devant nous, toute neuve, toute propre, luisante de verre et de bois verni. Elle n'avait qu'un étage. On s'est arrêtés pour souffler un peu. La forêt noire et menaçante nous entourait. À part les cris des animaux et le bruit de nos respirations, on n'entendait rien.

J'ai regardé à travers une des fenêtres. Au début, je ne voyais rien, puis j'ai fini par comprendre que ce n'était pas une maison ordinaire. Au lieu de voir un salon ou une cuisine ou une salle à manger, je distinguais des appareils étranges. Pouce est venu m'aider. Comme il voyait mieux que moi, il a dit:

— Il y a un ordinateur là-dedans. Et des tables avec des flacons, des armoires, des écrans.

— Un laboratoire! Mais qui peut bien faire des expériences ici? Et pourquoi?

— Pourquoi, je ne sais pas. Mais

ton zoologue disparu, là, le docteur Moineau ou quelque chose comme ça? C'est peut-être lui qui travaillait là-dedans?

J'ai regardé Pouce avec admiration.

— Le docteur Merle! Oui, tu as raison, c'est sûrement ça! Hé bien, si on veut avoir le fin mot de cette histoire, il faut entrer dans ce labo.

— Tu es complètement fou, Maxime! Si on se fait prendre? Si l'ours s'amène par ici?

— On est déjà dans le bain jusqu'au cou. Quant à l'ours, il n'a rien à faire dans une maison.

On a discuté encore un peu et Pouce s'est finalement laissé convaincre. Je ne sais pas ce qui me prenait, mais c'était plus fort que moi. Il fallait que j'aille visiter ce labo!

Chapitre VI

Avec ses bras d'athlète, Pouce a réussi à ouvrir une porte-fenêtre sans faire éclater la vitre. On est entrés sur la pointe des pieds. Naturellement, il n'était pas question d'allumer la lumière.

Dans le local, il y avait des fioles de toutes les tailles, des éprouvettes, des bocaux remplis de liquides écoeurants. Quelques appareils aussi, comme l'ordinateur. C'était impossible pour nous de deviner à quoi tout ça pouvait bien servir. À des expériences sur les animaux, bien sûr, puisqu'on était dans un zoo. Mais quel type d'expériences?

Après dix minutes, la visite était finie et on n'avait rien trouvé d'intéressant. Puis Pouce s'est penché vers le sol et il a soulevé quelque chose.

— Oh, Maxime! Viens voir!

Il avait découvert une trappe dans le plancher. Un escalier descendait dans le trou béant et profond. Pouce a dû regretter d'avoir découvert ça parce j'ai posé un pied sur la première marche.

— Tu ne vas pas descendre là-dedans?

J'avais déjà disparu dans l'ouverture. Pouce n'avait pas d'autre choix que de me suivre.

L'escalier était court et on s'est vite retrouvés dans un couloir plutôt étroit et plongé dans la noirceur. J'ai touché le mur, c'était gluant et froid. Il fallait être solidement dingues pour continuer à avancer là-dedans. Pouce s'appuyait

contre mon dos, il tremblait plus que jamais. Moi, j'ouvrais grands les yeux et mon coeur battait terriblement fort. Mes jambes étaient molles.

Plus loin, le couloir tournait à droite. Après une dizaine de mètres, il tournait encore, mais à gauche. Je me demandais ce qu'on ferait si l'ours Kodiac avait l'heureuse idée d'apparaître soudain dans notre dos. Je me suis rassuré en me disant qu'il ne passerait pas à cause de sa taille. Mais il y a des animaux plus petits et tout aussi dangereux. Et le monstre, je ne l'avais pas oublié. C'était très risqué, ce qu'on était en train de faire, et parfaitement idiot.

Le couloir a tourné encore et cette fois il y avait de la lumière au bout. J'ai fait signe à Pouce de garder le silence. On s'est approchés lentement. Le couloir débouchait sur une grande salle remplie elle aussi d'appareils et d'armoires. C'était un laboratoire, mais trois fois plus vaste que celui d'en haut. Il y avait beaucoup d'ordinateurs et plein de machines que je ne connaissais pas. J'étais impressionné et effrayé. Les laboratoires secrets, même dans les

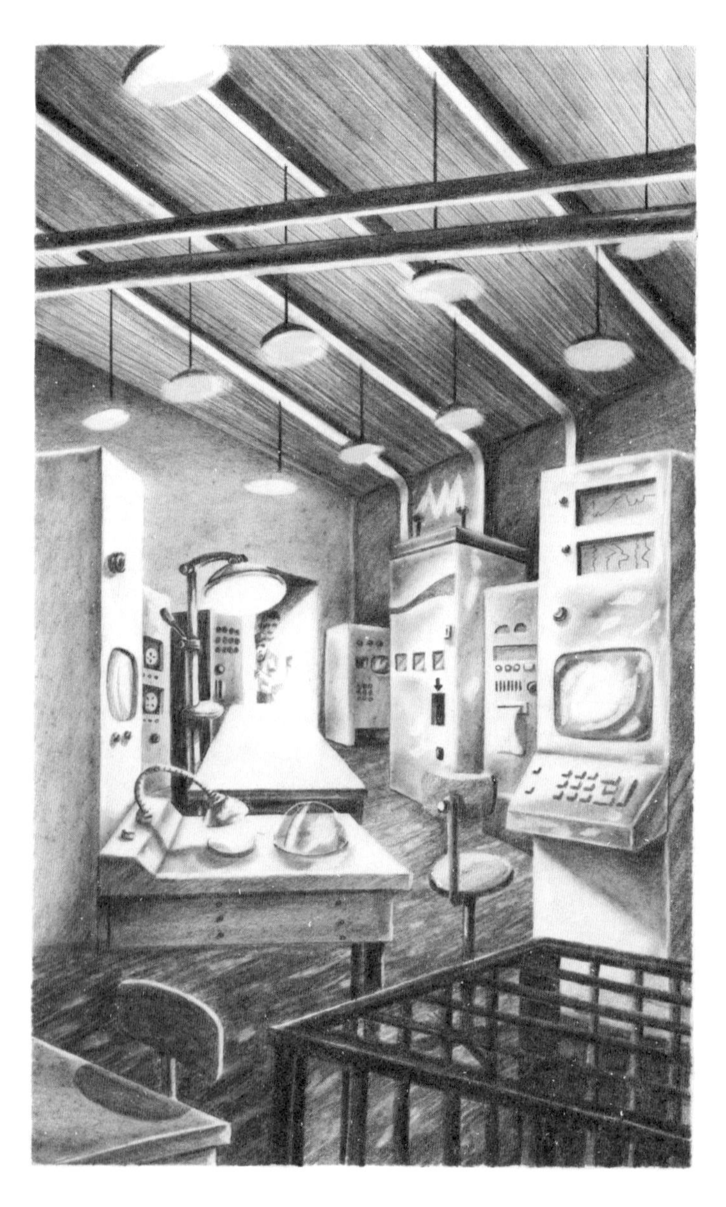

films, ça m'a toujours fait peur.

Au fond de la salle, il y avait plusieurs cages vides. Ça confirmait l'hypothèse des expériences sur les animaux. Puis j'ai vu quelque chose bouger dans l'une des cages. J'ai regardé comme il faut. Celle-là n'était pas vide, il y avait un animal à l'intérieur! Non, pas un animal: un homme!

Il s'étirait comme s'il venait de se réveiller. Il était petit, portait de grosses lunettes et il avait une barbe de quelques jours. Je l'ai reconnu presque tout de suite, parce que cette tête-là, je l'avais vue à la télévision. C'était le docteur Merle!

Je me suis vite reculé pour ne pas être vu. Pouce me dévisageait. Il n'avait pas encore aperçu le docteur Merle, lui.

— Le zoologue disparu! Il est là-dedans, dans une cage!

— Mais ça veut dire qu'il a été enlevé! Quelqu'un le garde prisonnier ici! Pourquoi?

Je ne savais vraiment pas, mais j'avais déjà mon coupable. Monsieur Toc! Qui d'autre que lui pouvait avoir fait ça? Son dégoût des humains et ses mystérieuses activités nocturnes en faisaient un personnage très très louche. Il libérait des animaux dangereux pendant qu'un scientifique était retenu prisonnier dans cette cage! C'était immonde! Quelle sorte d'individu était donc ce Monsieur Toc et quels étaient ses buts?

On ne pouvait plus rester là. Il nous fallait fuir, quitter le zoo au plus vite, raconter tout ça à la police. On a refait le chemin en sens inverse. En courant, cette fois. Je me sentais pressé, comme si je savais que quelque chose allait nous tomber sur la tête d'une seconde à l'autre.

On a enfilé les couloirs souterrains sans trébucher trop souvent. Je me suis senti un peu mieux quand j'ai vu l'escalier tout au bout. On est montés. Dans le premier labo, il n'y avait toujours personne. On est sortis prudemment de la maison.

Une demi-lune éclairait faiblement le décor. J'avais toujours l'impression d'un danger imminent. Après quelques mètres, une branche morte a craqué derrière nous. On s'est retournés sans rien voir. Pourtant, on savait qu'il y avait quelque chose et cette certitude nous a donné des ailes. On s'est mis à courir comme deux voleurs poursuivis par un agent de police. Le bruit de course augmentait derrière nous et la chose qui nous suivait se rapprochait.

Pouce a commencé à gémir. Un peu plus et il se mettait à appeler sa mère. Mais je n'étais pas tellement plus brave. J'avais le goût de hurler comme si je tombais dans un précipice sans fond.

Tout à coup, un mur s'est dressé devant nous. Je n'ai même pas eu le temps de me demander ce qu'il faisait là. L'évidence s'imposait: on était coincés, le mur formait une sorte de cul-de-sac! On s'est retournés face à notre poursuivant. Dans la pénombre du bois, deux yeux jaunes se sont allumés. Ils étaient fixés sur nous.

L'être qui était là avait compris qu'on était faits comme des rats. Il avançait lentement, en prenant bien son temps comme s'il voulait nous faire mourir de peur. Puis il s'est dégagé des arbres et on a vu ce que c'était.

Je ne savais pas combien d'animaux Monsieur Toc avait libérés comme ça.

Mais je me serais bien contenté d'un lama ou d'un raton laveur ou, en forçant, d'un porc-épic. À la place, on avait devant nous une panthère noire, l'une des bêtes les plus effroyables qu'on puisse trouver dans un zoo. Et il n'y avait aucun barreau entre elle et nous. Cette fois, Pouce n'était plus capable de se retenir: il a poussé un long cri de terreur et de détresse.

La panthère noire était toute proche maintenant et on pouvait admirer sa formidable dentition. Des crocs bien aiguisés et tout propres. Vraiment, les vétérinaires pouvaient se vanter de faire du beau travail. L'animal s'approchait de nous au ralenti, exactement comme un chat qui veut jouer un sale tour à un moineau. Puis il s'est immobilisé, il a ouvert sa gueule au grand complet et un rugissement atroce est sorti de sa gorge. Je ne pouvais plus faire un geste, c'était trop horrible.

Au moment précis où la panthère allait bondir, des branches se sont écartées derrière elle. Une autre bête est apparue en se dandinant. Pris de terreur, j'ai reconnu le monstre. Puis il y en

a eu un autre semblable. C'était épouvantable, vraiment Pouce et moi, on ne méritait pas ça. La panthère est restée sur place et les deux êtres se sont approchés de nous. J'ai vu alors que ce n'étaient pas tout à fait des monstres. J'ai compris aussi quelle était exactement la chose qu'Ozzie avait vue dans sa fenêtre.

Les deux monstres poilus étaient en réalité des chimpanzés. Mes chimpanzés. C'est-à-dire les deux comiques qui jouaient aux dames quand les visiteurs ne les regardaient pas. L'un d'eux a posé une main sur les flancs de la panthère et il lui a donné quelques petites tapes. La bête nous a lancé un regard furieux avant de tourner les talons et de disparaître dans la forêt. Avec les singes, il y avait aussi d'autres animaux. Un daim aux yeux à la Walt Disney, une girafe, un paon et des oiseaux qui faisaient du surplace en silence.

Pouce a eu un long soupir. On aurait dit un énorme ballon de plage qui se dégonfle. Moi, je regardais les deux singes sans parvenir à croire qu'ils venaient de nous sauver la vie. Puis il y a encore eu du bruit devant nous et une voix d'homme a lancé un appel.

— Ronald! Mikhaïl! Est-ce que tout va bien?

Monsieur Toc est sorti d'entre les arbres et il s'est mis les poings sur les hanches en nous apercevant.

— Ah, c'était donc ça! On a affaire à des espions!

L'un des chimpanzés lui a fait des signes avec ses mains.

— Ne t'en fais pas, Mikhaïl. Je vais remettre la panthère dans sa cage.

L'autre singe a agité les mains à son tour et Monsieur Toc a fait oui avec sa tête.

— Vous allez vous occuper d'eux? Très bien, Ronald. Je vous rejoindrai plus tard.

Puis Monsieur Toc s'est avancé vers moi en plissant les paupières.

— Ah, mais je vous reconnais,

vous! Vous êtes venus faire un tour au zoo cette semaine!

— Laissez-nous partir, Monsieur Toc. On ne dira rien à personne, je vous le promets.

— Ah, ah, ah! Ce n'est pas à moi de décider, mon petit ami. Mikhaïl et Ronald sont assez intelligents pour savoir ce qu'ils ont à faire.

Puis il s'est éloigné, en nous laissant tout seuls avec les deux chimpanzés et les autres animaux. Pouce était tellement mal qu'il en claquait des dents. Un chimpanzé lui a saisi un bras, tandis que l'autre faisait de même avec moi. Pouce s'est laissé faire, mais moi, j'ai refusé de bouger. Le singe ne s'est pas fâché. Il m'a regardé un moment, puis il s'est penché sur le sol. Avec son doigt, il a tracé des signes dans la terre molle. Voilà que mes hallucinations me reprenaient! Il était en train d'écrire une phrase!

Suivez-nous. Pas de danger.

J'avais l'impression d'être dans un rêve. Plus rien n'avait de sens. Après avoir vu ça, tout ce qu'il me restait à faire, c'était d'accepter l'impossible.

Chapitre VII

Ronald et Mikhaïl nous ont conduits dans la maison qu'on venait de quitter. La girafe, le daim et les oiseaux sont restés dehors. Ensuite, les singes nous ont fait signe de descendre par l'escalier qui menait aux couloirs souterrains. Naturellement, Pouce et moi, on se demandait ce qu'ils allaient nous faire. Le singe avait écrit *Pas de danger,* mais c'était quand même assez difficile de lui faire confiance.

On est arrivés dans le second laboratoire et le docteur Merle s'est mis à engueuler les singes en les voyant. Il gesticulait dans sa cage, il sautait sur place, il s'arrachait les cheveux. Je l'ai trouvé un peu hystérique, mais ce n'était pas moi qui étais enfermé là depuis plusieurs jours.

— Libérez-moi, stupides animaux! Libérez-moi ou vous allez le regretter!

Sans s'énerver, un chimpanzé s'est approché d'un ordinateur et il l'a mis en marche. Il nous a demandé de venir

plus près de l'écran. Puis il a enfoncé quelques touches et ensuite il a tapé des mots sur le clavier. Des phrases sont apparues à l'écran:

Je suis Ronald. Mon compagnon est Mikhaïl. Le docteur Merle est méchant.

D'où il était, le docteur Merle pouvait voir l'écran de l'ordinateur. Il s'est mis à hurler.

— Ne les croyez pas! Ces animaux sont des menteurs! Des escrocs!

Je ne savais plus qui je devais croire. Mais ça me déplaisait de voir le docteur Merle dans une cage. J'ai demandé à Ronald de le libérer. Les deux singes ont eu un conciliabule et finalement Mikhaïl a ouvert la cage. Le docteur est sorti et il nous a regardés, Pouce et moi, avec une grimace effroyable.

— Je suis le docteur Zaïus Merle, zoologue de réputation internationale. Ces animaux me retiennent prisonnier ici depuis près d'une semaine. Ce sont des bandits et le gardien est leur complice. Ils préparent actuellement un monstrueux complot contre l'humanité. Il faut les empêcher d'agir!

Ronald lui a répondu aussitôt.

Le docteur Merle tente des expériences sur les animaux pour faire le mal. Nous ne voulons pas.

— C'est faux! criait le savant. Grâce à moi, ces bêtes sont devenues intelligentes! Je leur ai donné la conscience et maintenant elles veulent s'en servir pour écraser l'humanité!

Je ne comprenais pas grand-chose à tout ça. Et je n'étais pas encore remis de ma surprise de voir un singe taper sur un clavier d'ordinateur. Pour le moment, Pouce et moi, on regardait les singes et le savant se renvoyer la balle, comme dans un match de ping-pong.

Le docteur Merle a fait la substance Z-Plus par hasard. Il ne savait pas que cela nous rendrait plus intelligents. Il voulait réussir à communiquer avec les animaux pour se faire obéir mieux.

Chaque fois que Ronald écrivait quelque chose, le docteur criait. Mikhaïl s'est approché de lui en grognant pour le faire taire. Le docteur Merle s'est tenu un peu plus tranquille. J'avais déjà lu dans un magazine que les chimpanzés adultes sont très forts et qu'ils peuvent facilement casser le bras d'un homme. À la place de Merle, je me serais calmé, moi aussi.

Puis Monsieur Toc est arrivé sans faire de bruit. Il avait son sourire malicieux, mais il ne parlait pas. Le docteur Merle lui faisait de gros yeux et la haine dans son visage n'était pas jolie à voir. Moi, j'avais des questions, alors j'ai interrogé Ronald.

— Le docteur dit que vous préparez un complot contre l'humanité?

Nous ne voulons faire mal à aucun être humain. Nous refusons de participer à ses expériences. Nous voulons être libres. Nous ne voulons plus être dans des cages. Nous ne voulons pas que les animaux soient enfermés. Nous ne voulons pas que les animaux meurent.

Ronald tapait avec conviction. Je ne saisissais pas encore très bien tout ce qu'il racontait. Complètement abasourdi, Pouce suivait notre dialogue.

— Si vous ne voulez faire aucun mal aux humains, pourquoi avez-vous enfermé le docteur dans une cage?

Le docteur Merle est méchant. Nous l'avons enfermé aussi parce qu'il ne veut plus fabriquer le Z-Plus. Nous avons besoin du Z-Plus pour rester intelligents.

Le docteur Merle a ricané.

— Ne comptez pas sur moi pour vous fournir à nouveau cette substance, bande de primates! Je suis le seul à connaître la formule. Vous pouvez m'enfermer, me priver de nourriture, me torturer: vous n'aurez rien!

Le petit homme aux yeux sévères m'était de moins en moins sympathique. J'avais le goût de lui dire de se taire et de laisser Ronald m'expliquer tout seul ce qui se passait dans ce zoo. Je m'apercevais que j'étais davantage porté à croire le chimpanzé que ce fameux savant de réputation internationale.

Mais le docteur s'est mis à parler un peu comme s'il donnait une conférence.

— Laissez-moi éclaircir les faits. Depuis cinq ans, je suis responsable d'un projet au Jardin zoologique. Ce projet est financé par une agence de recherches gouvernementale.

Monsieur Toc l'a coupé.

— Un projet secret financé par les services d'espionnage de l'armée! Importante précision, cher docteur! Et la direction du zoo a été plus ou moins forcée de collaborer, même si elle ne savait pas vraiment en quoi consistait le projet.

Merle a fermé les yeux une seconde pour rester calme. Il voulait faire semblant de ne pas avoir entendu.

— La nuit, je faisais des expériences dans ce labo souterrain. Je cherchais à améliorer les méthodes de domptage des bêtes et aussi à trouver de nouvelles façons de communiquer avec elles. J'ai testé des substances chimiques destinées à accroître la «concentration mentale» des animaux. L'une de ces substances, le Z-Plus, a donné des résultats inattendus. Les animaux à qui le Z-Plus a été injecté sont devenus plus conscients d'eux-mêmes et aussi plus intelligents. Certains singes ont appris de nouveaux moyens de communication. Ronald et Mikhaïl ont réussi à apprendre à lire et à écrire. Si les singes possédaient les organes nécessaires, nous aurions réussi à les faire parler comme nous.

Le savant nous a regardés, Pouce et moi, pour bien voir si on appréciait son génie. J'ai jeté un coup d'oeil à Monsieur Toc qui ne souriait plus.

— Les animaux qui ont reçu le Z-Plus n'ont pas tous acquis la même intelligence, parce que chaque espèce a ses limites propres. Le cerveau d'un goéland n'a pas la même taille ni la même complexité que celui d'un chimpanzé, par exemple. En tout, il y a seulement une vingtaine d'animaux qui sont vraiment devenus plus intelligents. Par la suite... euh... disons que les recherches ont commencé à... euh... à piétiner.

— Elles vous ont complètement échappé, en fait! a lancé Monsieur Toc.

Puis il s'est adressé directement à Pouce et à moi. Il était rouge comme s'il avait très chaud.

— Les singes ont commencé à poser des questions, mais les scientifiques ne voulaient pas leur répondre. Les animaux les plus brillants se sont mis à réfléchir et à discuter entre eux. Les chimpanzés ont compris que les buts du projet étaient néfastes. Ils ont donc décidé de ne plus collaborer et les autres bêtes ont suivi leur exemple. Finalement, Merle s'est retrouvé seul à travailler au zoo.

— Vous trouvez néfaste de donner l'intelligence à des bêtes stupides? a dit le docteur Merle.

— Espèce d'hypocrite! Vous n'étiez pas ici pour leur faire de cadeau. Le seul but de vos recherches était de savoir si les animaux pouvaient être utilisés dans des missions militaires et d'espionnage. Mais en apprenant à lire, Ronald et Mikhaïl ont eu l'occasion d'apprendre beaucoup de choses sur les humains et sur notre société. Avant, ils ne savaient pas qu'il y avait des zoos dans tous les pays, que les bêtes étaient enfermées dans des cages partout dans le monde. Ils ne savaient pas non plus que plusieurs espèces animales étaient en voie d'extinction. Ronald, Mikhaïl et les autres singes se sont révoltés. Et lentement leur révolte s'est étendue aux autres animaux qui avaient reçu le Z-Plus.

Pour bien montrer qu'il était d'accord, Ronald a recommencé à taper.

Nous n'acceptons plus d'être dans des cages. Nous voulons retourner dans la nature. Nous préparons notre fuite. Nous voulons que tous les animaux soient libres et qu'ils retournent dans la nature.

— Les singes à qui la substance a été injectée mènent une sorte de campagne auprès des animaux du zoo. Ils veulent les éduquer et les convaincre de ne plus accepter leur sort. Mais le problème, c'est que certaines bêtes qui n'ont pas reçu le Z-Plus sont complètement abruties par leur vie dans le zoo. D'autres animaux ne sont pas devenus assez intelligents pour contrôler leurs émotions.

C'est donc ça qui expliquait la grande nervosité que j'avais remarquée pendant mes visites et la réaction de l'ours Kodiac, par exemple. Plusieurs animaux étaient devenus agressifs et il n'y avait rien à faire avec eux.

— Il y a aussi un grave problème de communication, parce que le langage des animaux est loin d'être le même d'une espèce à l'autre.

— Et vous, Monsieur Toc? Que faites-vous dans tout ça?

C'est Ronald qui a répondu à sa place.

Monsieur Toc nous aime. Il nous aide. Il ouvre nos cages la nuit. Nous essayons de communiquer avec tous les animaux du zoo. Nous aidons les animaux du dehors aussi.

— C'est eux qui ont libéré les bêtes que la S.P.A. avait emprisonnées. La nuit, ils profitent aussi de leur liberté pour observer les humains dans le but d'apprendre comment ils vivent.

Le monstre qui avait fait tellement peur à Ozzie, c'était Mikhaïl en mission d'observation. Même chose pour l'aigle que plusieurs témoins avaient aperçu au-dessus de la ville.

— Ils vous espionnent! a crié le docteur Merle. Ils veulent contrôler l'humanité, la réduire en esclavage!

Le docteur Merle ne veut plus fabriquer le Z-Plus. Sans le Z-Plus, nous allons perdre notre intelligence. Des animaux sont déjà revenus à leur état d'avant. Mikhaïl et moi, nous perdons notre intelligence. Dans quelques jours ou dans quelques heures, nous redeviendrons des singes ordinaires. Nous ne voulons pas. Il nous faut le Z-Plus pour sauver les animaux du monde.

Monsieur Toc a ajouté avec tristesse:

— Ils ont saccagé les pharmacies, l'autre nuit. Parce qu'ils sont privés de Z-Plus, ils ont essayé désespérément d'en trouver en dehors du zoo. Merle est le seul à pouvoir en produire et ils s'en sont retournés les mains vides.

J'avais du chagrin pour tous ces animaux qui ne voulaient pas perdre leur intelligence. J'essayais de m'imaginer à leur place. Et je me disais que si je devais perdre mon intelligence d'un jour à l'autre, je serais sûrement plus agressif que les deux chimpanzés.

Pour la première fois, je comprenais que ça devait être atroce de vivre dans une cage au lieu d'être libre. Je ne pouvais pas blâmer ces animaux de vouloir retrouver leur milieu naturel.

Merle s'est mis à crier.

— Crétins, crétins! Vous êtes tous des crétins! Des singes tarés, deux enfants avec encore la couche aux fesses et un gardien de zoo complètement sénile! Vous allez bien ensemble, tous les cinq! Vous oubliez que c'est moi qui ai sorti ces animaux de leur stupidité.

— Pour qui vous vous prenez, dites-moi? a répondu Monsieur Toc. Vous vous croyez plus fin que les animaux enfermés dans ce zoo? Pour qui les humains comme vous se prennent-ils? Vous chassez des bêtes sans défense avec vos fusils, vous exterminez des espèces entières, vous rendez idiots les animaux dans vos maisons et dans vos zoos! Vous détruisez les forêts où ils vivent, vous salissez la mer, les lacs, les fleuves, l'air! Avez-vous des leçons à faire aux bêtes, avec vos famines, vos dictateurs, vos bombes, vos guerres?

— Docteur Merle, soyez humain! Acceptez de fabriquer le Z-Plus!

Le docteur Merle avait des yeux de fou comme les savants des films d'horreur.

— Il n'en est absolument pas question! J'ai commis une erreur en donnant l'intelligence à ces bêtes. Les animaux sont des êtres inférieurs et ils doivent obéir à l'Homme. Pas lui dicter sa conduite. Dans quelques heures, tous les animaux qui ont reçu le Z-Plus seront redevenus ce qu'ils n'auraient jamais dû cesser d'être: des brutes sauvages, imbéciles et puantes!

J'ai essayé de le raisonner encore un peu, mais ça ne servait vraiment à rien. Et plus il s'entêtait, moins j'avais de respect pour lui.

Pouce avait les paupières lourdes.

On était épuisés, tous les deux, après une journée et une nuit pareilles. Dans mon esprit, les choses n'étaient pas parfaitement claires. Mais mes sentiments, eux, étaient bien nets.

J'étais résolu à aider les animaux. Je comprenais maintenant pourquoi Monsieur Toc ouvrait leurs cages et pourquoi il ne paraissait pas beaucoup aimer les humains. Moi-même, je n'aimais pas beaucoup le docteur Merle.

Je me disais que j'y verrais plus clair le lendemain et que je pourrais faire quelque chose. Je parlerais de tout ça à Hugo et à Prune. J'avertirais la police. J'irais voir le premier ministre s'il le fallait.

Les singes se sont approchés de Merle pour le remettre dans la cage. Il s'est débattu. Il a essayé de s'enfuir, mais les singes étaient plus rapides et plus agiles que lui. Une fois dans sa cage, il s'est remis à crier comme un hystérique.

On est tous remontés jusqu'au premier laboratoire. Puis Monsieur Toc nous a conduits dans un boisé, et je crois que Pouce et moi, on s'est endormis immédiatement.

Chapitre VIII

C'est le soleil dans mes yeux qui m'a réveillé. Il était déjà haut à ce moment-là. J'ai réveillé Pouce et je lui ai demandé l'heure. Dix heures et quart.

On est sortis du boisé, puis on a fait comme si on était des visiteurs ordinaires. À la sortie du zoo, on a pris l'autobus.

Aucun de nous n'avait le goût de parler. On était encore tout engourdis de sommeil. Un peu plus et je me serais demandé si notre aventure était autre chose qu'un rêve. Un mauvais rêve. Un cauchemar triste.

À la maison, j'ai dit à Hugo que j'avais mal dormi chez Pouce et je me suis étendu sur mon lit. Je crois qu'Hugo m'a trouvé bizarre et il avait bien raison. Hugo est très fort en psychologie. Alors, il n'a rien dit du tout et j'ai dormi jusque vers le milieu de l'après-midi.

Quand je me suis réveillé, mon père était assis à côté de moi sur le lit. Il me regardait avec un beau sourire. Mais

j'ai vu tout de suite qu'il était inquiet.

— Tu t'es un peu reposé, Maxime?

— Oui.

— Maxime?...

— Oui, Hugo?

— Tu me diras la vérité seulement quand tu en auras envie, ça va?

— Oui.

Puis il a perdu son sourire et il a dit:

— J'ai écouté les nouvelles à la radio tout à l'heure. Des animaux se sont évadés du zoo très tôt ce matin.

Je me suis redressé dans mon lit.

— Quoi?

— Oh, pas beaucoup. Seulement

cinq ou six. Il paraît qu'un des gardiens aurait ouvert leurs cages. Mais c'est déjà fini. Le personnel du zoo et des agents de police sont parvenus à ramener tous les animaux. Personne n'a subi de blessure. Le plus difficile, ça a été de capturer l'éléphant.

Il a ricané pour rendre la nouvelle moins dramatique. J'ai sauté en bas de mon lit et j'ai entraîné Hugo vers la porte.

— Il faut y aller, papa! Je ne veux pas qu'ils fassent de mal à Monsieur Toc!

— Monsieur Toc? Qui est-ce?

— C'est le gardien qui ouvre les cages! Il est gentil, il aime les bêtes!

Hugo a réfléchi très fort en me regardant sans un mot. Puis il a fini par dire:

— Il faudrait passer au garage de Prune. C'est elle qui a l'auto.

Une demi-heure plus tard, on était dans la voiture. Hugo a allumé la radio et on a foncé sur la route qui mène au Jardin zoologique. Hugo conduisait plus vite que d'habitude. Il avait l'air tendu, mais il ne m'a pas posé de question.

Moi, j'étais trop mêlé et affolé pour tout lui raconter maintenant. J'attendais les Informations à la radio. J'avais hâte de savoir si tout était redevenu normal au zoo et s'il était arrivé quelque chose à Monsieur Toc. Je me demandais si la police avait découvert le laboratoire souterrain, si le docteur Merle avait été libéré, bref je me posais des questions à n'en plus finir. Avant qu'on arrive au zoo, il y a eu un bulletin de nouvelles.

Le présumé responsable s'est réfugié dans un petit bâtiment servant de laboratoire de recherches expérimentales. La police a cerné la maison, mais l'individu refuse de se rendre .

Hugo s'est dirigé vers le stationnement. J'ai enfin sauté de la voiture et j'ai couru jusqu'à l'entrée du zoo. Une pancarte disait: FERMÉ POUR LA JOURNÉE. Je ne me suis pas arrêté, j'ai franchi l'entrée en courant. Quelqu'un a crié derrière moi et plus loin des hommes ont essayé de me barrer la route. Je me suis faufilé entre eux. Je pense que personne n'aurait pu m'arrêter à ce moment-là.

Le petit bois du laboratoire est

apparu devant moi. Mais je n'ai pas eu besoin d'y entrer, parce que tout à coup j'ai vu des policiers qui encadraient un homme. Ils marchaient lentement dans ma direction. J'ai cessé de courir. Les employés du zoo qui me poursuivaient m'ont mis la main sur l'épaule en disant: «Dis donc, mon jeune, qu'est-ce qui te prend?» Je n'ai pas répondu. Je regardais Monsieur Toc qui s'en venait vers moi, menottes aux poignets. Il marchait la tête haute. Il souriait. Mais quand je l'ai vu de plus près, j'ai compris qu'il était un peu malheureux. Puis Hugo est arrivé en soufflant. Quelqu'un lui a demandé si j'étais son fils et Hugo a répondu que je savais ce que je faisais.

Les policiers et Monsieur Toc se sont arrêtés tout près de moi.

— Bonjour, jeune homme, a dit le vieux gardien.

— Monsieur Toc, qu'est-ce qui s'est passé? Qu'est-ce que vous avez fait?

— J'ai essayé de libérer quelques animaux, c'est tout. Ne vous en faites pas, jeune homme. Je ne resterai pas longtemps en prison, ce n'est pas un bien grand crime que j'ai commis. Par contre, les animaux du zoo sont en prison à perpétuité, eux. Quel gâchis!

— Et le docteur Merle?

— Hé bien, je l'ai libéré, lui aussi, ce matin. Il est sans doute parti tout raconter à ses patrons. Ou bien il est allé voir la police, je ne sais pas.

Un des policiers est intervenu.

— Le docteur Merle va témoigner contre vous. Il vous accuse de l'avoir gardé prisonnier ici.

Le sourire de Monsieur Toc s'est agrandi.

— Je n'ai rien à voir là-dedans, cher monsieur. Ce fou était retenu prisonnier par les animaux. Ils l'avaient enfermé dans le sous-sol du laboratoire. S'ils m'avaient laissé faire, je lui aurais fait subir un sort beaucoup moins enviable!

Évidemment, personne ne croirait que les animaux étaient les coupables. Les policiers regardaient Monsieur Toc comme s'il était un assassin. Le plus gros des deux l'a bousculé pour qu'il avance.

Monsieur Toc m'a fait un clin d'oeil, puis il s'est laissé entraîner vers la sortie. Hugo s'est accroupi devant moi.

— Il serait peut-être temps de partir maintenant, hein, Maxime?

Les employés du zoo nous regardaient. Ils ne comprenaient pas pourquoi mon père était doux avec moi au lieu d'être en train de me botter les fesses.

— Il faudrait que je voie Ronald et Mikhaïl, les deux chimpanzés. Je voudrais juste leur dire que Monsieur Toc a été arrêté.

— Je vois.

Hugo s'est relevé et il a dit quelques mots aux employés qui nous entouraient. Je ne sais pas comment il a fait pour les convaincre. Mais ils nous ont laissés entrer dans le pavillon des primates à condition de nous accompagner.

J'ai couru vers la cage de mes amis. Hugo et les autres sont restés plus loin. J'ai frappé délicatement sur la vitre pour avertir Ronald et Mikhaïl que j'étais là. Ronald a levé la tête vers moi. Il a fait une grimace de singe, puis il a ramassé un quartier d'orange qu'il a mis dans sa gueule. Mikhaïl a jeté un coup d'oeil sur moi avant de s'intéresser à un pou qui grouillait dans le poil de son copain.

J'ai frappé encore sur la vitre. Ils m'ont regardé tous les deux avec des yeux qui semblaient demander: «Qui c'est, celui-là?»

Je les ai observés pendant cinq bonnes minutes.

Ronald et Mikhaïl n'étaient plus Ronald et Mikhaïl. Ils étaient redevenus deux chimpanzés ordinaires. L'effet du Z-Plus s'était dissipé comme ils me l'avaient prédit la veille.

Hugo est venu me chercher sans un mot. On est retournés à la voiture.

— Hugo, je ne veux plus jamais revenir dans ce zoo. Je ne veux plus jamais revoir un zoo de toute ma vie.

Il n'a rien dit. Il a mis la voiture en marche et il a fait jouer une cassette pour me remonter le moral.